AF369535

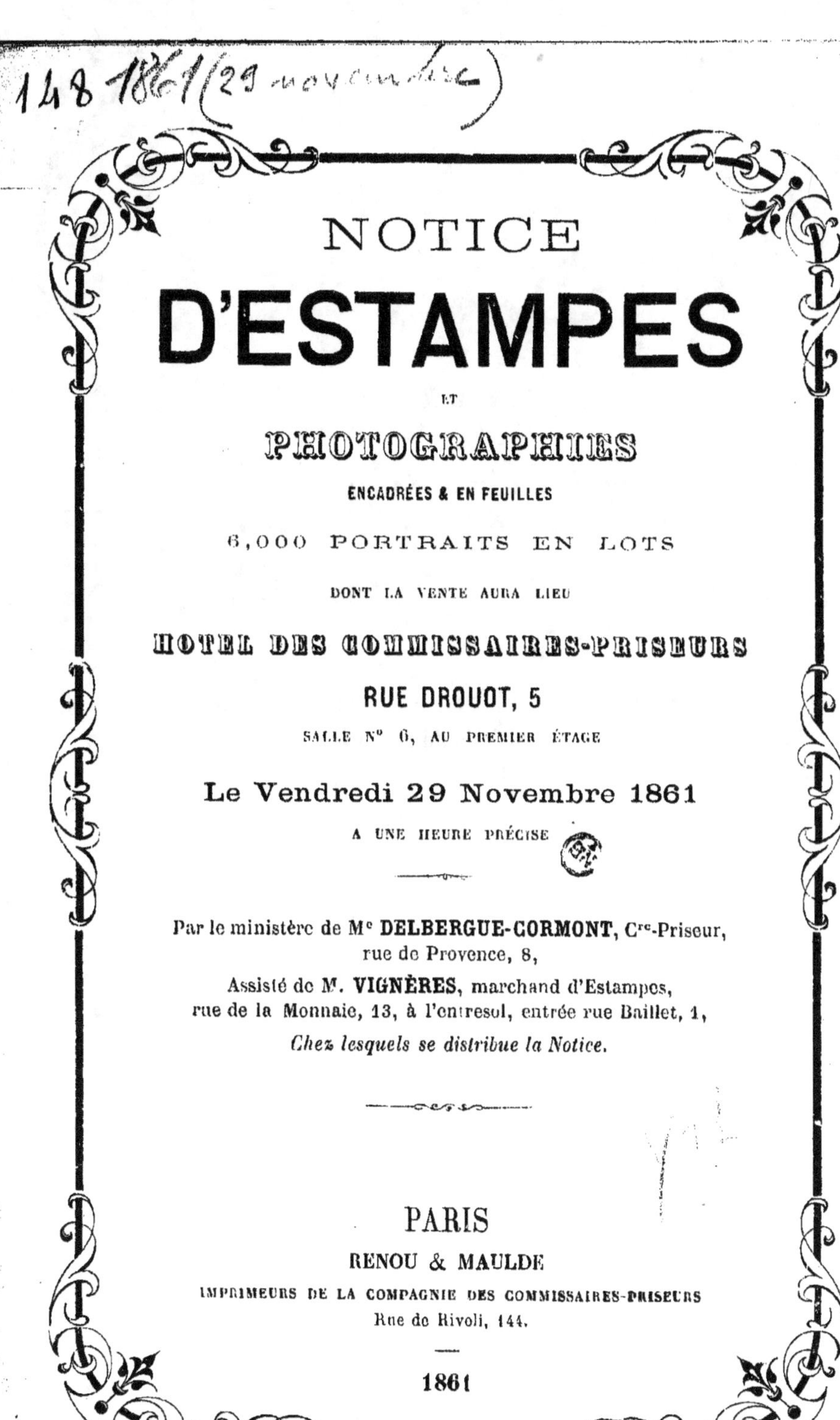

NOTICE
D'ESTAMPES

ET

PHOTOGRAPHIES

ENCADRÉES & EN FEUILLES

6,000 PORTRAITS EN LOTS

DONT LA VENTE AURA LIEU

HOTEL DES COMMISSAIRES-PRISEURS

RUE DROUOT, 5

SALLE N° 6, AU PREMIER ÉTAGE

Le Vendredi 29 Novembre 1861

A UNE HEURE PRÉCISE

Par le ministère de Me **DELBERGUE-CORMONT**, C^{re}-Priseur,
rue de Provence, 8,

Assisté de M. **VIGNÈRES**, marchand d'Estampes,
rue de la Monnaie, 13, à l'entresol, entrée rue Baillet, 1,

Chez lesquels se distribue la Notice.

PARIS

RENOU & MAULDE

IMPRIMEURS DE LA COMPAGNIE DES COMMISSAIRES-PRISEURS
Rue de Rivoli, 144.

1861

CONDITIONS DE LA VENTE

Elle sera faite au comptant.

Les Acquéreurs paieront CINQ POUR CENT en sus des enchères, applicables aux frais de la vente.

Monsieur Lelogeais   29 novembre 1861

  88 Portraits   1 50

  47   1 50

  50 naturalistes   1

  50   1 25

150 x   Vig.   1 50

  83   1 25

  50   1

  25   2 25

  50 x   Vig   1 50

100   1 25

  25   1

  50 x   1

200   1

  25 x   Vig   1 50

  56 Peintres   1

100   5

  49 Costumes   Ollivier   Vig   1 50

100 x   1 25

200   1 25

100 x   Vig   3 ...
                                          ____

                                           31 50

			3 1	50
90 Portraits dont 6 parchemins			1	25
50			1	25
25 x		Vig	2	
200			1	25
22 femmes			2	25
100			1	50
50 femmes	ollivier	Vig	2	
100			1	25
41 Dargenville 79 feuilles			2	75
100			1	50
50 femmes	ollivier	Vig	1	50
50 Furne			2	25
35 Generaux x			2	
70			1	25
50			2	25
49 xx	Perrot	Vig	3	25
29 Gal. de la press		Vig	1	
40			1	
100 artistes			4	25
50 x		Vig	1	50
112			1	25

			70	..
79	Portraits		1	75
72			1	
25	x	Vig	1	50
69	autriche	Veg	1	50
50			2	
39	Medecin et Sage femme		1	25
112			3	75
37			1	25
55	x		16	
85			5	50
25	x	Bu	2	50
100			1	25
33			4	
100			1	75
59	Furne		3	
156	procede Colas		1	
8	actures		1	75
300	trait, Biograph		2	
40	Furne		1	50
100			1	50
			125	25

				125	25
25	Portraits x	Perrot	Vig.	3	
40	Ferme			3	25
102				2	50
23	Costumes	Ollivier	Veg	2	
35	Rois			1	25
41	feuille medailles Callas			1	
67	Rois			1	50
53	ancien			1	25
100				1	75
32	Vangelisty			3	25
11	Ferme avant 1.1.			2	25
50				1	
60	Larmesin			1	75
75				2	50
60	Boilly			1	
22	napoleon			1	25
46				1	
24	Gal. de Versailles			3	75
15	pieux ancien			3	25
30	representans			1	
				164	75

		164	75
12	portraits politiques	1	25
1	Marie Antoinette Mizer	4	50
2	Manière noire	1	50
25	Croisés Versailles	2	50
39	H. Illustré	5	50
33	Gd. H. de Perrault	2	50
65		5	
38	academie	5	50
50		4	
50	ollivier Vig	1	50
50		2	75
25		3	
50		1	50
29		1	25
59		1	75
50	ancien	4	50
50	lithog	1	50
25	peintre	1	75
33	H. illustré	3	
25		3	50
		223	00

		223	
30	femmes	1	25
25		8	
25		3	
25		1	25
25		1	50
24	Ecclesiastiques	2	
25		1	75
25		3	
20		2	50
144	Galerie de P...	3	75
114		1	50
6 port.	Revue Historique Volum	1	25
10 p.	Galerie Française Volum	1	25
		259	00

M. L.   femme

10	Cadres	2	75
12	Cadres	3	25
6	Cadres	3	50
8	Cadres	2	50	12	00

voir plus loin les Cartes Vignettes   118

389 50

Monsieur Gasc

11	Vignettes 1848	1	25
17	Vues anglaises	1	75
22	Sujets 1848	3	25
2	Montagnards	1	75
7	Sujets	2	25
17	Vues de Suisse	3	25
4	d°	1	25
11	Sujets	2	
37	Hubert paysages Constant Vig	3	
35	Julien têtes		
1	napoléon photographie Maison Vig	1	50
1	___ en pied photog	5	
5	Ch. Jacques etc	5	50
2	Claude Kobell	1	75
8	Eaux fortes	2	75
2	Photog. femmes Vig	1	75
6	___ Vues	2	
4	___ Arc de triomphe	1	50
6	___ Gde	4	50
3	Cadres Prudhon	2	75

Cadres	Report	5	
2 Felon femme nue	3	
2 Napoléon, Papes	3	
2 Ch. Corday, amphitrite	2	75
1 Réveil Raffet	3	50
5 Raffet	4	50
8 Charlet — Costumes	6	
10 Cadres et sous verres	5	50
Album Moyen Age 1507	21	

Monsieur Reiser
cadres

1 . The Walk   5 50

1 , Monarch   merry   12

1 . Flying Dutchman   17

2 . Charles XII — Pyrrhus 1.   20

2 . Rebecca   × Languish &   22
    Marley Molock   Pantaleon

2 . Blind Bonnie — The Baron   20

2 . Melbourne — Andover   31

1 . Fac Simile Decamp   8

1 . Little Ridding. chaperon rouge   2 50

1 . Chocolatière   16

1 . Prince de Galles   12

1 . Joconde   Sutron   Vig   25

1 Volumes Book of Beauty 1835   3 25

3 —   D. 1839. 1843. 1844.   10 50

1 —   napoleon en Egypte   3 25

1 —   Salon 1839   1 50

1 —   Rural Residences   5 50

2 —   laclef des champs l'amaraca   6 50

2 —   Keepsake   6 50

1 —   The Rhine Tombleson   7
                                            ____
                                            2 3 5   0 0

		235	
1	Volume The Louisa Comblison	9	.50
1	— London and environs	14	
1	— Reines d'Espagne fantaisie	9	50
1	— — de France	8	50
1	— — d'Europe	9	
1	— — d'Angleterre	8	50
1	— — d'Espagne relié	9	..
1	— femmes de la Bible	10	
1	— Œuvres de Canova	9	.50
3	— Gal. Versailles Furne	39	..
1	— Devonshire illustrated	8	
2	— Scrap Book 1835 – 1836	10	
2	— 1837 – 1838	15	
2	— 1840 – 1841	13	50
2	— 1842 – 1843	13	..
2	— 1844 – 1845	16	..
2	— 1846 – 1847	15	..
2	— 1848 – 1849	16	
1	Famille Monarque colorié	3	
16	Sujets de Crimée	5	
		476	..

		476	..
6	Cartes et Atlas	14	
23	livraisons Artiste 1855 – 1856	7	
40	Bellanger	8	
20	Charlet sauf fortes	12	50
67	Charlet	15	50
18	— et napoléon	10	
8	Raffet et Vernet	3	50
65	Charivari	4	
8	livraisons numismatique	1	25
1	Louis XVIII	1	25
574	pièces diverses	2	
17	Lithog. etc	1	
12	têtes Giraldi	1	25
12	têtes de femmes gravées etc	2	
9	Chevaux Victor adam	4	
6	— Gingembre	3	
6	— Amiel	5	
13	pièces diverses	4	50
3	portefeuilles	2	
		577	75

M. L.   Jeune Cato

40   Gavarni   2   25
59   d°   1   50
67   d°   2   75
54   Fleurs   2   75
51   Vignettes   Ollivier Vig   1   50
73   1   25
90   Chromo.   15
49   ollivier Vig   2
40   Cham Beaumont   3   75
45   vie Conjugale   1   50
66   Costumes   3
48   Vignettes   1
31   Paul et Virginie   1   25
6   Boucher   1
36   Oiseaux   2
30   Costumes   ollivier Vig   2
102 Costumes   6   50
60   Costumes   3   25
60   Costumes   3   50
87   Costumes   3
49 plus 100 Sujets   2   25
                                    ____
                                          63

					6 3	
55	feuille	150 Sujets	Ollivier	Vig	2	50
90	—	300 Sujets			2	50
98	—	200 —			2	50
74					1	50
70					2	
79	Vignettes				3	75
16	Couleur				2	25
44	Raffet				5	
64	Vignettes		ollivier	Vig	1	
90					1	75
56	Shakespeare		Ollivier	Vig	1	50
63	Sujets Vignettes 31/32 1.75		ollivier	Vig	2	75
40	Ornemen			Vig	4	
160	Chinois				18	50
48	portraits				1	50
63	Vignettes				2	50
					118	50

Monsieur Delbergue Cormont

46 livraisons de l'Artiste   16   50

le monde illustré   9

M. Delbergue Cormont   2 5   50

Mr Reiset   5 7 7   75

Mr Gasc

M. Delogeais   aîné   2 5 9   ..

Jeune   1 3 0   50

1,0 9

VENTE D'ESTAMPES

ENCADRÉES ET EN FEUILLES

HOTEL DES COMMISSAIRES-PRISEURS

RUE DROUOT, 5, SALLE N. 6

AU PREMIER ÉTAGE,

Le Vendredi 29 Novembre 1861

A QUATRE HEURES

Chevaux d'Alfred de Dreux et autres.
La Joconde, d'après Léonard de Vinci, avant la lettre.
La belle Chocolatière, le petit Chaperon rouge.
Chiens de chasse, fac simile de Decamps.
Lithographies de Bellanger, Charlet, Grevedon, Raffet, Horace Vernet, etc.

LIVRES ANGLAIS ILLUSTRÉS.

Book of Beauty, Keepsake, la Tamise, le Rhin de Tombleson, Devonshire
illustrated d'Allom, Rural résidences, Londres et ses environs de Voods,
Drawing room Scrapbook, Atlas de chasses, œuvres de Canova, l'Amaranthe,
les Reines d'Angleterre, de France, d'Espagne, les Femmes illustres de l'Eu-
rope, de la Bible, Musée de Versailles, Atlas, etc., la plupart en belle reliure
et bonne condition.

AU COMPTANT

Cinq pour cent en sus des enchères.

Par le ministère de Mᵉ DELBERGUE-CORMONT, commissaire-priseur,
Rue de Provence, n. 8,
Assisté de **M. VIGNÈRES,** marchand d'estampes, rue de la Monnaie, n. 13
A l'entresol, entrée rue Baillet, n. 1.

7564   Typographie et Lithographie de RENOU et MAULDE, rue de Rivoli, n. 144.

DÉSIGNATION

Portraits de l'Empereur, photographiés, en buste et en pied; Charlotte Corday; Amphitrite.

Vues diverses photographiées.

Le Réveil; Bataille d'Oueg-Alleg; Italie; Égypte et autres, par Raffet. — Garde impériale, par Charlet.

Lithographies par Felon et d'après Prud'hon.

Album de 150 Monuments gothiques de France, tirés du moyen âge et autres, lithographiés.

Études de Julien, têtes; paysages par Hubert.

Eaux-fortes de Charles-Jacques, Claude Lorrain, Fyt. Oudry, etc.

Portrait de Marie-Antoinette, par Miger, in-fol.

Plus de 6,000 Portraits de littérateurs, femmes célèbres, rois, artistes, de l'in-8 à l'in-fol., formeront des lots.

Vignettes, Costumes et Pièces diverses.

Renou et Maulde, imprimeurs de la Compagnie des Commissaires-Priseurs, 144, rue de Rivoli.   7564